Lieselotte Stadtfeld
Weihnachtsgeschenk für Luzifer
Engelgeschichten

Zweite überarbeitete und erweiterte Auflage.

Gestaltung & Satz: Rolf Zavelberg, Aktivraum-Agentur, Köln

Umschlagillustration unter Verwendung des Werkes „Engel"
(Acryl auf Leinwand, 100 x 120 cm) von Rolf Zavelberg.

Den Engel im Buchblock zeichnete Heinrich Meyer eigens für
diesen Band.

Die Erstauflage erschien 1999 im Aktivraum-Verlag, Köln

Herstellung und Verlag: Books on Demand GmbH, Norderstedt.
ISBN 3-8334-4331-6    **ISBN 978-3-8334-4331-2**

Lieselotte Stadtfeld

# Weihnachtsgeschenk für Luzifer

Engelgeschichten

Für Roland

## Vorwort zur 2. Auflage

Immer wieder werde ich zu Lesungen eingeladen und beim Vorlesen ist mir aufgefallen, dass sich Überflüssiges in die Geschichten eingeschlichen hat. Es diente nur dazu im Schreibfluss zu bleiben.

In dieser verbesserten Auflage habe ich die Texte von Ballast befreit. Aussage und Inhalt der Geschichten haben sich dadurch nicht verändert.

Es ist eine erweiterte Auflage, da eine Geschichte und der kleine Engel hinzugekommen sind.

Ich danke Heinrich Meyer, dass er mit seiner Zeichnung diese Auflage und mit seiner Liebe mein Leben bereichert.

## Vorwort zur 1. Auflage

Das Medium „Schreiben" ist eine wunderbare Form der Verarbeitung und Klärung von Alltagserlebnissen. Ob in kleinen Texten oder Gedichten, oder aber in Briefen, wie ich sie seit 1986 täglich meiner Schwester schreibe - und auch abschicke -, immer bleibt ein Gefühl von Befreiung zurück.

Ich kann loslassen, mich frei machen, Platz schaffen für das Neue.

1985, vom Leben auf den spirituellen Pfad geschickt, hat sich meine Art zu schreiben in Form und Inhalt verändert. Es ist als würde ein „Innerer Schreiber" mir Texte in die Feder diktieren. So sind im Laufe der Jahre meditative Geschichten entstanden.

1994 bat mich meine Schwester Marie Theres, doch auch einmal eine Engelgeschichte zu schreiben. Aber der „Innere Schreiber" ließ sich Zeit.

Es war der 24.12.1994, an dem er mich drängte zu schreiben. So entstand die erste Engelgeschichte. Sie heißt bezeichnender Weise: „Und dann kam der Engel doch noch".

Im Laufe der Jahre wurden mir die Engel vertrauter, und sie haben sich über den „Inneren Schreiber" immer wieder Gehör verschafft. Eine Auswahl dessen, was sie mich lehrten, ist in diesen Geschichten enthalten.

Ich danke

- meiner Schwester Marie Theres, für dies... und das... und mehr;
- meinem Zenmeister Father AMA Samy sj. Gen-un-Ken, Roshi für seine Herzenswärme und Geduld;
- meinem Traumlehrer Günther Feyler, der meinem „Inneren Schreiber" die Tür geöffnet hat
- und Rolf Zavelberg, der nicht locker ließ, bis er diese Geschichten veröffentlichen konnte.

Engel kann man fühlen, spüren - aber sehen kann man sie oft nicht. Sie sind wie Nebeldunst und Tauperlen schmücken ihr Gewand. Zwischen Tag und Traum kommen sie, und manchmal geht ihnen ein Klingen voraus.

Dieses Klingen ist so leise, dass man sein Herz bitten muss, ganz leise zu schlagen, und den Atem bitten muss, ganz sanft zu fließen. Und wenn einem das gelingt, dann vielleicht kann man den Engel ahnen.

## Und dann kam der Engel doch noch

An diesem Abend, zwischen Tag und Traum, vernahm ich ein Klingen und ich wusste sofort, das ist das Klingen, das einem Engel vorausgeht. Und ich ahnte ihn, den Boten der Unendlichkeit, den Hauch von Ewigkeit aus dem Licht der Liebe.

Und ich hörte, ohne Worte zu vernehmen, ihn sagen:

*Tief in dir ist alle Wahrheit,*
*alles Licht und alle Klarheit.*

*Suche länger nicht im Außen,*
*lass nicht länger Zweifel hausen.*

*Öffne dich voll Demut nur,*
*dann erkennst du Gottes Spur.*

*Gottes Ebenbild und Kind,*
*bist so, wie wir Engel sind.*

*Engel bist du einst gewesen,*
*einmal wirst du's wieder sein.*

So habe ich ihn gehört, aber gesehen habe ich ihn nicht.

„Warum weinst du?" fragte die Ameise den kleinen Wassertropfen, der auf einem fast vertrockneten Blatt saß.

„Ich bin vom Himmel gefallen." schluchzte dieser.

**Du brauchst dich deiner Tränen nicht zu schämen**

„Ist das ein Grund zu weinen?" fragte die Ameise wieder. „Regentropfen fallen nun einmal auf die Erde, das ist ihre Bestimmung. Und seiner Bestimmung muss jeder folgen."

„Aber ich bin kein Regentropfen", empörte sich der Tropfen, „ich bin eine Perle vom Gewand eines Engels. Siehst du nicht wie ich glitzern und funkeln kann?"

Just in diesem Augenblick traf ein kleiner Sonnenstrahl den Tropfen, und wirklich, er glänzte jetzt wie eine Perle.

„Papperlapapp", sagte die Ameise, „tu' deine Pflicht und hör' auf zu jammern!" Und schon wandte sie sich eiligen Schrittes wieder ihrer Arbeit zu.

„Aber was ist denn jetzt meine Pflicht?" rief ihr der Tropfen verzweifelt hinterher.

Die Ameise kehrte um, reckte den Kopf hoch und erklärte mit gewichtiger Miene: „Die Pflicht eines Regentropfens ist es, die Erde zu tränken. Die Samen, die im Sommer und Herbst in die Erde gefallen sind, brauchen Wasser, um leben zu können, und später die Sonne, um keimen und aufgehen zu können. Es ist der Kreislauf des Lebens, in den Du eingetreten bist."

„Kreislauf des Lebens?" wiederholte der Tropfen.

„Ja, vom Himmel auf die Erde, dann unter die Erde, bis du eine Quelle findest. Sie bringt dich wieder heraus aus der Erde. Erst im Bach, dann im Fluss wirst du ins Meer geleitet und dann zurück zu den Wolken steigen, von da aus wirst du dann wieder als Regentropfen auf die Erde zurückfallen."

„Ein Regentropfen muss so einen weiten Weg gehen?" fragte der Tropfen mit Bewunderung.

„Ja! Aber es ist ganz einfach. Du musst nur folgen, dem Weg des Lebens folgen." sagte die

Ameise. „Dann schaffst du es wieder zum Himmel, ganz sicher."

Der Wassertropfen seufzte tief.

„Mach dich auf den Weg." forderte die Ameise energisch und hob das Blatt ein wenig an, so dass der Tropfen herunter kullern konnte und auf die Erde fiel. Kaum hatte er die Erde berührt, versank er auch schon und hörte noch, dass die Ameise ihm nach rief: „Gute Reise!"

In der Erde war es finster. Der Tropfen fürchtete sich ein wenig.

„Hallo! Ist da jemand?" rief er zaghaft in die Dunkelheit hinein.

„Pst! Sei still, weck' nicht alle auf!" zischte es leise dicht neben ihm.

„Oh, Verzeihung!" flüsterte er. „Darf ich dich denn morgen früh etwas fragen, wenn alle wach geworden sind?"

„Wir werden erst im Frühling wieder aufwachen, wir müssen den Winter überstehen."

„Den Winter überstehen?" fragte der Tropfen erstaunt.

„Na klar, du Dummchen." sagte jetzt die Stimme etwas freundlicher. „Du auch, du wirst gefrieren und zu einem Eisklümpchen werden. In der Nacht gibt es Frost und alle Wassertropfen gefrieren."

Der Tropfen erschauerte, er hatte einmal eine andere Perle am Gewand des Engels von Schnee und Eiskristallen erzählen hören.

In der Nacht erstarrte er zu Eis. Erst wollte er sich dagegen wehren, aber dann erinnerte er sich an die Worte der Ameise: „Es ist ganz einfach, du musst nur folgen, dem Weg des Lebens folgen." Und das tat er. Er begann die Ruhe sogar zu genießen. Seine Gedanken wanderten den Weg zurück, zurück in die Wolke, die ihn weich aufgefangen hatte, als er sich vom Gewand des Engels zu weit entfernt hatte und seine Silberschnur gerissen war. Er erinnerte sich an die warnende Stimme seiner Freundin, die das Unglück geahnt hatte. Aber war es ein Unglück? Er hätte nie die Ameise kennen gelernt, hätte nie die schützende Hülle der Erde um sich gespürt und nie die Erfahrung vom Kreislauf des Lebens machen können.

Plötzlich freute er sich, freute sich seines Wassertropfendaseins und freute sich auf den Frühling.

Als der Frühling kam und ihn wieder auftaute, sank er tiefer in die Erde und erreichte eine Quelle. „Komm mit, komm mit!" riefen viele andere Wassertropfen ihm zu und er reihte sich ein. Gemeinsam fanden sie den Weg aus der Erde heraus. Sie hüpften über Wurzeln und Steine und nahmen unterwegs andere Wassertropfen, aus anderen Quellen auf, bis sie gemeinsam einen breiten Fluss bildeten. Und wie die Ameise es voraus gesagt hatte, erreichten sie das Meer, verdunsteten in der Sonne und wurden von einer Wolke aufgenommen.

„Ich bin zurück! Ich bin zurück!" jubelte der Tropfen

„Aber wie komme ich zu meinem Engel?" fragte er, schon etwas gedämpfter.

Da hörte er plötzlich die Stimme seines Engels: „Du musst bereit sein noch einmal auf die Erde zu gehen und eine andere Aufgabe übernehmen! Erst dann findest du den Weg zurück zu mir. Bist du bereit dazu?"

Noch nie hatte der Engel das Wort ausschließlich an ihn gerichtet, er war ganz aufgeregt und fühlte sich plötzlich sehr wichtig. „Aber ja, ja natürlich" beeilte er sich zu antworten. „Was muss ich tun?"

„Wasser ist auch für die Menschen wichtig." erklärte der Engel mit sanfter Stimme. „Du musst zuerst den Durst eines Menschen löschen und seinem Körper dienen. Willst du das?"

„Ja, und dann?" fragte der Tropfen.

„Menschen sind manchmal traurig, dann steigen Wassertropfen in ihre Augen und lösen sich als Tränen. Alle Perlen, die mein Gewand schmücken, sind menschliche Tränen und nur wer diesen Weg gegangen ist, kann zu mir kommen."

Der Wassertropfen fiel als Regen wieder hinab zur Erde, löschte den Durst eines Menschen und als dieser Mensch traurig war und weinte, war er es, der sich von den Wimpern löste und über eine Wange lief.

Wir brauchen uns unserer Tränen nicht schämen. Ein Engel steht bereit, um sie aufzufangen und damit sein Gewand zu schmücken.

Der Engel saß plötzlich da, einfach so, er schien auf nichts zu warten. Die Sonne ließ ihn in vollem Glanz erstrahlen, so dass ich blinzeln musste.

## EINFACH sein
## – und –
## einfach SEIN

Nun sieht man nicht alle Tage einen Engel ruhig in der Sonne sitzen. Ich rieb mir also die Augen und kniff mich selbst in den Arm, denn ich dachte, ich träume. Aber der Engel war so wirklich, wie ich den Schmerz im Arm spürte.

Wie spricht man einen Engel an? Darf man ihn ansprechen oder verschwindet er dann, aufgescheucht wie ein kleiner Vogel, dem man zu nahe kommt? Löst er sich vielleicht in Luft auf, wie eine bunt schillernde Seifenblase, die zerplatzt?

Plötzlich lächelte der Engel und wurde noch strahlender. Ich konnte nicht glauben, dass so etwas möglich ist. Ich musste sehr schnell die Augen ganz schließen. Und dann hörte ich ihn sagen: „Setz dich einfach neben mich, dann kannst du auch die Augen wieder öffnen."

Natürlich bewegte ich mich nicht und der Engel musste mich ein zweites Mal auffordern. Als ich mich aber immer noch nicht vom Fleck rührte, spürte ich, dass er mich an der Jacke zog.

Als ich neben ihm saß, öffnete ich die Augen, traute mich aber nicht zur Seite zu schauen, denn um mich herum war soviel Licht, dass ich sicher war, den direkten Anblick nicht ertragen zu können.

„Was machst du hier?" fragte er mich freundlich und mit leiser Stimme.

Mir hatte es die Sprache verschlagen und ich konnte nicht antworten.

Was hätte ich auch sagen sollen? Denn ich wusste nicht, wo ich war, wusste ja nicht einmal, wie ich hierher gekommen war. Wie sollte ich also die Frage beantworten, was ich hier machte.

„Suchst du vielleicht eine Antwort auf eine Frage?" half er mir freundlich weiter.

Hatte ich eine Frage? Was war gewesen, bevor ich den Engel plötzlich gesehen habe? Ich hatte in meinem Büro gesessen und völlig in Gedanken verloren aus dem Fenster in die Sonne geschaut. Wohin waren meine Gedanken gewandert? In die Vergangenheit? In die Zukunft? Ich hatte vor einer Arbeit gesessen und konnte mich nicht richtig motivieren, diese Arbeit zu tun. Sie war wichtig, deshalb konnte ich nicht raus in die Sonne und einfach den Tag genießen.

Ist das eine Frage: Wie motiviere ich mich selbst?

„Natürlich." antwortete der Engel. Ich war erschrocken, denn ich hatte die Frage nur gedacht und kein Wort gesagt. Der Engel muss meine Gedanken gelesen habe. Und wie zur Bestätigung beruhigte er mich und sagte: „Bei Engeln ist das halt so."

Ich atmete tief durch und entspannte mich ein wenig, als der Engel weiter sprach.

„Vieles verstehen die Menschen noch nicht. Vieles kennen sie eben nicht, und außerdem stellen sie noch zu wenige Fragen. Du willst also wissen, wie man sich motiviert? Nun, das ist ganz einfach. Du musst einfach die Arbeit sein.

Nicht der Mensch, der draußen die Sonne sieht und mit dem nächsten Blick die Arbeit, und mit einem Ohr die Vögel draußen hört und mit dem anderen seine eigene mahnende Stimme in sich. Wie kann man arbeiten, konzentriert arbeiten, wenn man an tausend Stellen zugleich ist? Und als Mensch kann ja immer nur ein Teil von dir an diesen verschiedenen Stellen sein. Du bist oft nur halb oder zu einem Viertel oder zu einem Achtel anwesend, und das reicht nicht aus, um etwas ganz zu tun. Um etwas ganz zu tun, muss man auch ganz da sein. Also, sich motivieren heißt, ganz da zu sein, wo man gerade ist. Wenn man sich in eine Arbeit vertieft, richtig vertieft, ist man ganz in der Arbeit, ist die Arbeit selbst sozusagen. Verstehst du das?"

Ja, das verstand ich. Sogar gut. Denn wenn ich ein Buch lese und mich das Buch fasziniert, dann bin ich mitten im Geschehen, bin in der Geschichte drin und die Zeit vergeht, ohne dass ich eine Ahnung von Zeit habe. Oft dauert es eine Weile, bis ich wieder weiß, wo ich tatsächlich bin, wenn ich das Buch aus der Hand lege.

Als Kind konnte ich mich so total in ein Spiel vertiefen, dass ich das Rufen meiner Mutter wirklich nicht hörte. Sie war in meinem Spiel nicht dabei und ihre Worte drangen gar nicht an mein Ohr. Wie oft hat sie deswegen mit mir geschimpft.

Ja, als Kind war ich immer ganz da, wo ich gerade war, oft im Spiel oder in Bildern und Geschichten, aber auch beim Essen oder Singen, sogar bei den Hausaufgaben, als ich in der ersten Klasse lernte Buchstaben zu malen. Aber später habe ich es verlernt.

In der Schule durfte ich nicht träumen, aber meine Gedanken schweiften oft ab. Dann wurde ich zurückgerufen, manchmal ziemlich hart. Gelernt, ganz in der Schule zu sein, ganz da zu sein habe ich aber dadurch nicht.

„Ja", sagte der Engel in meine Gedanken hinein, „dass ist wahr. Den Menschenkindern wird so viel über die äußere Welt erzählt, aber leider nichts über ihre innere Welt. Da ist es ja kein Wunder, wenn die innere Welt verdrängt und vergessen wird. Aber verschwunden ist sie damit nicht. Im Traum, im Schlaf meldet sich die innere Welt immer wieder. Aber die Menschen messen dem Traum keine Bedeutung bei, sie vergessen auch ihn. Es ist schade, dass die Menschen sich nicht ganz leben."

„Aber wie könnte man das?" fragte ich und fragte laut.

„Du musst kleine Schritte machen, aber du musst kontinuierlich auf dem Weg zu dir selbst sein. Schritt für Schritt. Dann, irgendwann hast du alles von dir gelernt, weißt alles über dich und bist halt einfach du selbst. Ganz einfach DU, mit allem was zu dir gehört. Dann kannst du auch immer da sein, ganz da sein, wo du gerade bist. Kein Teil von dir fühlt sich vernachlässigt und drängt sich nach vorne. Nichts von dir heischt nach Beachtung und Aufmerksamkeit und funkt dir im unpassendsten Moment dazwischen. Wenn alles beachtet wird, dann wartet alles auf seine Zeit. Denn jeder Teil hat gleiche Rechte. Neid oder Gier gibt es nicht."

„Ach, klingt das schön und friedlich." seufzte ich.

„Es ist schön und friedlich." betonte der Engel.

Nun wollte ich unbedingt wissen, wie ich diesen Zustand erreichen kann und ich fragte: „Kannst du mich lehren mich selbst kennen zulernen, alle meine Teile zu erkennen, sie anzunehmen und ihnen ihren Platz und ihre Zeit in meinem Leben zu geben?"

Der Engel war eine Weile still, er schien zu überlegen. „Weißt du, dass du atmest?" fragte er dann.

„Klar weiß ich, dass ich atme." gab ich verblüfft zurück.

„Aber weißt du es immer? Ist es dir immer bewusst?"

„Nein, natürlich nicht. Ich kann ja nicht dauernd denken, oh, ich atme, ich atme, ich atme. Es geschieht von allein. Ich muss es mir nicht befehlen oder mich dauernd daran erinnern."

„Aber genau das ist der Punkt", sagte der Engel sehr ernst und ich schaute irritiert zu ihm herüber. Aber das bekam meinen Augen nicht.

Ich wandte schnell wieder den Kopf, der Glanz des Engels hatte mich total geblendet und für ein paar Minuten sah ich überhaupt nichts mehr. Aber immerhin, ich hatte ihn gesehen!

Er war viel größer, als ich dachte und er hatte keine Flügel!

„Wir haben eigentlich keine Flügel, die brauchen wir nicht und auch keinen festen Körper. Wir sind Geist. Aber damit die Menschen uns sehen können, nehmen wir eine Gestalt an und damit ihr nicht erschreckt, wenn wir plötzlich ankommen, geben wir der Gestalt Flügel. Das entspricht eurem Wissen.

Wenn etwas einfach aus der Luft auftaucht, dann muss es wenigstens Flügel haben." sagte er.

Und plötzlich hatte er Flügel. „Siehst du." sagte er. Dann ließ er sie wieder verschwinden und lachte.

Habt ihr je einen Engel lachen hören? Es ist..., ja wie ist es?

Wie Glockenklang, nein, wie das Plätschern einer Quelle, nein, eher wie das Zwitschern einer Vogelschar. Nein, wie alles zusammen, wie plätscherndes, zwitscherndes Glockengeläut.

Ach nein, ich kann es nicht beschreiben.

Aber ich wusste jetzt, was es heißt, ganz da zu sein, wo man gerade ist, und ganz das zu sein, was man gerade tut.

Denn der Engel war nur Lachen. Alles an ihm lachte, die Gestalt, die er angenommen hatte, damit ich ihn sehen konnte, der Glanz um ihn herum, die Luft die uns umgab - alles lachte. Es gab sonst nichts mehr, nur dieses Lachen.

„Wie machst du das?" fragte ich und spürte einen sehnsuchtsvollen Schmerz.

„Ich bin, was ich bin." sagte der Engel. „Nur einfach das, was ich bin. Ich lache. Ich bin Lachen! Das ist alles."

„Bitte, lehre mich so zu sein," bat ich, „zu sein was ich bin und gerade tue. Also, Lachen, wenn ich lache."

„Beachte deinen Atem!" forderte mich der Engel, jetzt wieder ganz ernst, auf. „Denke nur an deinen Atem, sei die Luft, die in dich einströmt und wieder ausströmt."

Ich versuchte es. Atme, sagte ich in Gedanken vor mich hin. Ich bin die Luft, die ich einatme. Die Luft, die durch meine Nase in meine Lunge zieht. Und ich sah im Geist meine Nase, meine Lungen.

„Falsch!" sagte der Engel. „Du sollst nicht deine Lunge sein, sondern dein Atem."

Oh je. „Aber ich bin doch der, in den die Luft eindringt. Wie kann ich dann gleichzeitig die Luft sein?" protestierte ich schwach.

„Du hast eine Lunge, aber du bist jetzt nicht deine Lunge. Du hast eine Nase, aber du sollst jetzt nicht deine Nase sein. Sondern du sollst die Luft, dein Atem sein."

Ich versuchte es noch einmal. Aber meine Protestgedanken funkten mir wieder dazwischen.

„Es ist nicht so einfach", sagte der Engel, „wie sonst aber kann ich dir zeigen, was Ganzheit bedeutet?" Dann schwieg er.

Ich versuchte weiterhin, mich auf den Atem zu konzentrieren, versuchte Atem zu sein.

Plötzlich unterbrach der Engel meine Bemühungen und befahl. „Erzähl mir von dir. Wer bist du? Wie würdest du dich beschreiben, um mir ein möglichst klares Bild von dir als Mensch zu geben?"

Ich stutzte. Ich soll sagen, wer ich bin? Ja, also, ich bin eine Frau, bin 45 Jahre alt, bin 170 cm groß, 65 Kilo schwer. Aber das sind ja alles nur Äußerlichkeiten. Wer bin ich denn? Ich bin lustig und manchmal traurig, oft ungeduldig und mal Optimist, mal Pessimist. Aber das sind wechselnde Eigenschaften, Gefühle, Gedanken.

„Bin ich eine körperliche Substanz, mit verschiedenen Eigenschaften?" fragte ich also.

„Ja, das bist du! Du bist aber mehr als das. Der Mensch ist mehr, als die Summe seiner Teile und Eigenschaften.

Dieses MEHR gilt es zu finden und sich bewusst zu machen. Immer wenn du traurig bist, dann wisse, jetzt ist der Gefühlsmensch in dir traurig, und wenn du frierst, dann wisse, jetzt ist es der Körpermensch, der friert. Und wenn du zum Fenster hinaus schaust und träumst, dann wisse, jetzt geht der Geistmensch auf Reisen. Denn, das alles bist du! Ist Teil deines Menschseins. Wenn du aufmerksam hinschaust, welcher Menschenteil gerade lebendig ist und etwas erlebt, dann wirst du lernen, wie viele Teile du hast und bist. Stück für Stück entdeckst du dich selbst, mit allen Eigenschaften, in allen möglichen Situationen. Der Teil aber, der diese Eigenschaften und unterschiedlichen Anteile registriert, ist noch etwas anderes, ist sozusagen Beobachter deiner Selbst. Er steht über dir und deinen Empfindungen und deinem Tun. Und dieser Beobachter wird dir helfen, dich kennen zulernen. Hast du das verstanden?"

„Ja, ich glaube schon." kam etwas zögerlich meine Antwort.

„Gut, nun gehe zurück an deine Arbeit und beobachte, wer von dir nicht arbeiten will. Bitte ihn, sich zurückzuziehen und der Vernunft in dir Platz zu machen. Denn der Verstandesmensch in dir sagt, dass du diese Arbeit beenden musst. Er ist jetzt gefragt und soll seine

Zeit haben. Sei ganz im Verstand, ganz mit der Arbeit, in der Arbeit, sei die Arbeit.

Aber missachte den Träumenden in dir nicht. Gib ihm noch heute, im Laufe des Tages, die Chance zu leben, die Chance zu sein. Nimm dir Zeit und träume. Und in Zukunft, halte öfter einen Augenblick inne und frage, was jetzt gerade ist. Wer sich gerade jetzt nach vorne drängt. Und dann entscheide, ob dieser Teil seine Zeit jetzt haben darf oder nicht. Wenn nicht, dann bitte ihn, sich zurückzuziehen. Wichtig ist, dass du ihn bemerkt hast, nicht, dass du ihm sofort folgst. Verstanden?"

Ich nickte. „Dann los." forderte mich der Engel zum Gehen auf.

Dann war er plötzlich weg, ganz einfach verschwunden. Ich schaute mich um, aber ich sah nur meinen Computer vor mir, sah meinen Schreibtisch, sah die verglühte Zigarette im Aschenbecher - ich war zurück, zurück in meiner Welt.

Ein tiefes Gefühl der Dankbarkeit durchflutete mich und ich seufzte tief. Dann aber bat ich meinen Traumanteil in mir, der Vernunft Platz zu machen. Nicht ohne mich herzlich für dieses wunderbare Erlebnis bedankt zu haben.

Ob ich wirklich einen Engel gesehen oder ihn nur geträumt habe, weiß ich nicht. Aber ich wollte ausprobieren, ob das, was der Engel mir beigebracht hat, auch funktioniert.

Und ich gab mir einen Stoß und konzentrierte mich auf meine Arbeit.

Es funktionierte. Nach knapp zwei Stunden hatte ich die Arbeit beendet. Sie war mir ganz leicht von der Hand gegangen. Ich hatte nicht einmal bemerkt, dass zwei Stunden vergangen waren, als ich den letzten Punkt unter meinen Text setzte. Etwas in mir hat gearbeitet und alles andere in mir hat diesem Teil Platz gemacht und ihm seine Zeit gegeben.

Wie zur Belohnung entschloss ich mich, mich in die Sonne zu setzen und die wärmenden Strahlen zu genießen. Ich sagte in Gedanken: Lieber Traumteil, deine Zeit! Jetzt gehen wir träumen. Eine Weile jedenfalls. Denn ich muss noch einkaufen und zur Post. Aber das hat Zeit, seine Zeit.

Ein jegliches hat seine Zeit.

## Engel sind mit uns

Jeder Mensch hat mehr als nur einen Engel, der ihn begleitet, auf seinem Weg über die Erde. Da gibt es den Engel der Träume, den Engel der Entscheidungen, den Engel der Freude, den Engel der Einsamkeit und es gibt den Engel des Todes. Die Engel haben so etwas wie einen Dienstplan, sie lösen sich ab, auf eine Phase der Traurigkeit folgt eine Phase der Freude.

Es ist keine Willkür dahinter, sondern ein exakt mit der Seele des Menschen abgestimmter Plan. Die Engel haben der Seele versprochen, sich an diesen Plan zu halten. Die Menschen erinnern sich nicht mehr an die vorher getroffene Abmachung und sind oft unzufrieden mit der aktuellen Situation ihres Lebens. So, wie sie mit dem Wetter oft unzufrieden sind. War es ein paar Tage heiß, wollen sie Regen, hat es ein paar Tage geregnet, beklagen sie sich wieder.

Die Engel spüren, wenn der Mensch unzufrieden ist. Aber davon weiß der Mensch nichts.

Denn nur selten gelingt es ihm, sich der Begleitung durch Engel bewusst zu werden. Nur ganz wenige Menschen können ihre Engel wahrhaftig sehen.

Ich weiß von einem, dem war eines Nachts der Engel der Träume so nah, dass er ihn sehen konnte. Der Engel war fast durchsichtig, von einem hellen Rot und Glanz umgeben und wirkte schwerelos. Der Engel war so schön, dass dem Mensch im Traum die Sinne schwanden. Als er erwachte, spürte er in sich eine nie gekannte Sehnsucht und er erinnerte sich deutlich an den Engel und an seinen Traum.

Er wollte nicht aufstehen, wollte den Engel nicht gehen lassen und zog schnell die Decke über seinen Kopf. Der Engel des Tages aber stand schon bereit und für den Engel der Träume war es Zeit zu gehen. Die Engel hatten an diesem Morgen mit diesem Menschen ihre liebe Mühe.

Die Geräusche von fließendem Wasser im Haus, das Schlagen von Wohnungstüren und Tritte auf der Treppe machten dem Mensch aber schließlich deutlich, dass längst der Morgen angebrochen war. Also stand er auf. Kaum aber hatte er sich entschieden, da übernahm der Engel des Tages seine Aufgabe, der Engel der Träume verschwand und der Mensch vergaß seinen Traum. Das Bild des Engels aber vergaß er nicht.

Denn es ist so, dass man, wenn man einmal den Engel gesehen hat, ihn nicht mehr vergisst. Als der Mensch am Abend zu Bett ging, bat er den Engel der Träume wiederzukommen.

Der Engel zeigte sich und lehrte ihn in dieser Nacht folgendes: „Wenn du ganz still bist und dein Herz ganz weit, wenn dein Wille das Licht sucht und dein Verstand bereit ist zu glauben, dann kannst du alle Engel spüren." Er zählte alle Engel auf, die einen Menschen auf seinem Lebensweg begleiten.

Am Morgen erinnerte sich der Mensch nur noch vage an die Aufzählung. Er wünschte sich aber von ganzem Herzen, seine Engel zu spüren.

Als er an diesem Tag auf dem Weg zur Arbeit mit seinem Auto in eine gefährliche Situation geriet und schnell und richtig reagierte, da spürte er einen Engel im Wagen, und als eine unangenehme Entscheidung anstand, nahm er sich Zeit, wurde still und bat seinen Engel um Hilfe, und er traf eine Entscheidung, die sich schnell als richtig herausstellte.

So gewöhnte sich der Mensch an, immer seine Engel anzusprechen. Ob vor dem Essen, damit der Engel segne, was er aß, oder vor dem Einkauf eines Geschenkes, damit es wirklich Freude machen würde. Er bat immer öfter still seine Engel um Hilfe. Und jedes Mal hatte er das sichere Gefühl, sie hören ihn und helfen.

Wirklich gesehen hat er aber nur den Engel seiner Träume. Das war ihm genug, denn in vielen Träumen hat der Engel ihn gelehrt. Dass das Leben ein Erinnern, ein Wiedererlernen ist und manche Lektion voll Leid sein kann. Dass die Liebe bedingungslos ist und man sich kein Urteil erlauben soll, denn man kennt die Seelenentscheidung eines Anderen nicht.

Der Engel erklärte ihm, dass alle Lebewesen im Kern miteinander verbunden sind und dass man das, was man dem Nächsten tut, seiner eigenen Seele tut.

Und er hat ihm erzählt, dass es einen Engel des Todes gibt und dieser Engel am Ende des irdischen Lebens bereit steht, um den Menschen in die Höhe zu erheben und seine Seele vor Gott zu tragen.

Dort stehen dann alle seine Engel um Gottes Thron und geben Zeugnis ab vom Leben und

Handeln dieses Menschen. Wenn der Mensch die Gesetze der bedingungslosen Liebe gelebt hat, sich redlich bemüht hat, keinem Lebewesen ein Leid zuzufügen, dann wird er in die große Gemeinschaft der Engel aufgenommen.

Da er nur noch Liebe in sich spürt, wird er irgendwann den Wunsch äußern, einen Menschen auf der Erde begleiten zu dürfen, um zu helfen, wie ihm seine Engel geholfen hatten.

Er hörte wunderbare Musik und sah ein strahlendes Licht. Sonst sah er nichts, nicht einmal seine Hand vor Augen, obwohl er genau wusste und spürte: das ist meine Hand. Er suchte mit den Augen seinen Körper, aber er konnte ihn nicht sehen, nur fühlen.

## Es ist alles ganz anders

„Ich bin tot", dachte er, „und bin im Himmel."

„Nein, noch nicht!" hörte er eine Stimme. Sehen aber konnte er niemand. „Hallo, ist da jemand?" rief er jetzt laut.

„Nicht laut rufen, denken reicht. Wir hören hier Gedanken." meldet sich wieder die Stimme. „Und sehen wirst du mich erst können, wenn du dich an das Licht gewöhnt hast."

„Und wie lange dauert das?" fragte er ein wenig ungeduldig.

„Nicht reden! Denken genügt. Und das mit dem Sehen dauert solange, wie es eben dauert."

„Was für eine clevere Antwort!" dachte er, „Der Typ ist reichlich unverschämt."

Kaum aber hatte er den Satz zu Ende gedacht, als ihm Tränen über das Gesicht liefen. Irritiert wischte er sie weg. Seit er 13 Jahre alt war, hatte er nicht mehr geweint. Was war nur los mit ihm?

„Du bist traurig über deine Gedanken." hörte er die Stimme wieder. „Das wird dir am Anfang noch oft passieren."

Er fühlte sich unbehaglich. Es gefiel ihm gar nicht, dass man seine Gedanken lesen konnte.

„Daran gewöhnst du dich. Du kannst auch meine lesen, denn ich rede nicht laut, sondern denke nur." reagierte die Stimme sofort.

„Wer bist du?" fragte er wieder laut.

„Nicht reden! Denken reicht!" mahnte ihn die Stimme erneut und fuhr dann fort. „Ich bin dein Begleitengel und du kannst mir jeden Namen geben, der dir beliebt."

„Dann nenne ich dich Neunmalklug." dachte er boshaft und fing an zu weinen, und da er sich darüber ärgerte, weinte er noch heftiger.

„Sei nicht ungeduldig mit dir, du wirst es lernen." tröstete ihn Neunmalklug. „Mir ist der Name recht. Neunmalklug! Wenn du mich brauchst, denke an mich und ich werde da sein. Jetzt lasse ich dich eine Weile allein, damit du dich an das neue Denken gewöhnen kannst."

„An das neue Denken gewöhnen.", brummte er. „So habe ich mir den Himmel aber nicht vorgestellt."

Wie aber hatte er sich eigentlich den Himmel vorgestellt? Als Kind, da glaubte er an den Himmel als Schlaraffenland, voller Süßigkeiten und Spielzeuge, die er nicht bekam, weil das Geld nie reichte. Später hat er sich keine Gedanken mehr um den Himmel gemacht. Er wollte reich werden, um jeden Preis reich, und er schaffte es. Er schuf sich selbst ein Schlaraffenland, seinen Himmel schon auf Erden. Und dann war dieser Schmerz gekommen, er wusste sofort, das ist ein Herzinfarkt. Den hatte er wohl nicht überlebt. Jetzt saß er hier auf irgendeiner Wolke, weinte laufend und musste sich von einem Neunmalklug von Engel belehren lassen.

„Was willst du?", hörte er, kaum dass er den Satz zu Ende gedacht hatte, die Stimme von Neunmalklug wieder. Er war ziemlich erschrocken.

„Ich bin also tot!", sagte er laut, fügte aber in Gedanken sofort hinzu: „Oh, Verzeihung, denken genügt ja."

„Fein, du hast es schon gelernt.", freute sich Neunmalklug und beantwortet dann seine Frage: „Ja, du bist tot."

„Und was nun?", fragte er denkend.

„Nun wirst du lernen zu hören, was du allerdings schon zum Teil kannst, zu denken, was dir ja schon gelungen ist, nur recht zu denken wirst du noch eine Weile üben, und dann wirst du lernen, richtig zu sehen und später dann richtig zu handeln.", erklärte Neunmalklug.

„Wie ein Kind.", dachte er.

„Du bist ja auch noch ein Kind!", lachte Neunmalklug. „Du bist ja gerade erst angekommen."

„Muss ich bei Null anfangen?", fragte er und seine Stimme klang zornig. Sofort liefen die Tränen wieder und sie verstärkten sich noch, als er laut sagte: „Verdammt, höre ich denn wenigstens bald auf wie ein Kind zu heulen?"

„Ja, sobald du dich nicht mehr beurteilst.", sagte Neunmalklug, „Jeder, der sich keine Gedanken über das Leben nach dem Tod gemacht hat, fängt bei Null an. Dein Geist ist ohne jedes Bild hier angekommen, er hat nichts, woran er sich halten kann. Hättest du ein Bild, irgendeine Vorstellung, dann würden wir das Bild anpassen. Du hast aber kein Bild, also fangen wir bei Null an."

„Ist das schlimm?", fragte er denkend und klang ein bisschen verzweifelt. Ein paar Tränen lösten sich.

„Aber nein, das ist nicht schlimm.", tröstete Neunmalklug ihn sofort. „Für niemanden. Und wenn es für dich nicht mehr schlimm ist, dann wirst du deswegen auch nicht mehr weinen. Du weinst, wann immer du urteilst, wie es auf Erden üblich ist. Ob über dich oder andere ist egal."

Er war im Leben auf Erden ein praktisch denkender Mensch gewesen und hatte kein Problem vor sich her geschoben, deshalb wollte er jetzt wissen, was man von ihm erwartet, was er zu tun habe und worin seine Aufgabe bestand. Untätig herumsitzen war nicht seine Art und weinen schon gar nicht.

„Du bist ungeduldig, aber das war zu erwarten.", sagte Neunmalklug. „Also fangen wir an!

Willst du als erstes deinen toten Körper noch einmal sehen?"

„Nein!", dachte er sehr bestimmt und war wieder ganz Herr Generaldirektor. „Schnee von gestern interessiert mich nicht."

„Er wird dich interessieren, denn diesen Schnee müssen wir erst wegräumen, aber es ist nicht nötig, mit dem letzten Ereignis anzufangen. Wir können vorne beginnen." kommentierte der Begleitengel seine Gedanken.

Und er sah sein Leben von Geburt an, mit allen kleinen, so scheinbar unwichtigen Ereignissen, die seltsame Gefühle in ihm auslösten. Freude und Trauer, Stolz und Scham, aber an Stellen, an die er im Leben nie gedacht hätte. Nicht sein Aufstieg vom armen Vorstadtkind zum Generaldirektor war wichtig, sondern dass er den kleinen Karl damals verteidigt hatte. Auch nicht, dass er die Baufirma systematisch in den Ruin getrieben hatte, um sie billig inklusive der Belegschaft übernehmen zu können, war schmerzhaft, sondern dass er dem Prokuristen gekündigt hatte, weil er, statt zur Arbeit zu kommen, am Bett seines todkranken Kindes gesessen hat. Alles, was er sah, war nämlich mit den Gefühlen des jeweils anderen besetzt. Er fühlte den Schmerz der Katze, der er das Fell angesengt hatte, und die Freude seiner Schwester, als er ihren Wunsch, ins Ausland zu gehen, bei den Eltern so sehr unterstützt hatte.

Die Tränen flossen ohne Unterlass, denn es gab vieles, wessen es sich jetzt schämte. Dann sah er seinen toten Körper, seine Reise war zu Ende. Er saß schweigend da, richtig schweigend, denn nicht ein Gedanke kam ihm in den Sinn. Er fühlte sich leer.

Die Stimme von Neunmalklug drang in seine Gedanken. „Noch Fragen?"

„Nein.", dachte er leise. „Doch halt, kann ich meine Fehler wieder gut machen?"

„Nicht nötig.", beantwortete der Begleitengel seine Frage. „Wir rechnen hier nicht auf. Hier sind Verzeihen und Barmherzigkeit zuhause. Aber wenn du unbedingt wieder auf die Erde willst, dann ist das auch möglich. Es ist nur ein Haken dabei."

„Welcher?" fragte er schnell, in Gedanken.

„Du musst zuerst dir selbst alles verzeihen."

Und das ist wohl nicht so leicht, denn noch immer kommen ihm ab und zu die Tränen.

# Weihnachtsgeschenk für Luzifer

Die Menschen lebten im Paradies. Engel und Tiere waren ihre Spielgefährten und GOTT war mit ihnen. ER erkannte, dass Adam und Eva die Schöpfung nicht zu deuten wussten, denn sie hatten sich dem Baum der Erkenntnis noch nicht genähert. Nicht etwa, weil ER es verboten hatte, sondern weil sie keinen Drang nach Entwicklung in sich spürten. Sie fragten nichts, sondern lebten in die Zeit hinein. Wie aber kann Schöpfung lebendig sein, wenn sie nicht dem Wandel unterliegt? Wie können die Kinder GOTTES nach seinem Ebenbild leben, wenn sie nicht selbst schöpferisch werden? GOTT wusste, dass es an der Zeit war, die Schöpfung zu vollenden. ER hatte eine Welt erschaffen, nicht nur ein Paradies.

Da kam Luzifer, eines seiner wunderbaren Lichtgeschöpfe und fragte GOTT, worüber ER nachsinne.

„Die Menschen erkennen nicht das wunderbare Zusammenspiel zwischen allen Teilen, haben keine Chance, sich selbst in ihrer ganzen Fülle zu erkennen.", antwortete GOTT, „Ich muss die Schöpfung vollenden und den Menschen ihren freien Willen zu erkennen geben. Sonst bleiben sie Marionetten im Paradies."

„Warum fällt dir das schwer?" wollte Luzifer wissen, denn GOTT kam ihm sehr ernst vor.

„Sie müssen verlieren und wieder finden, müssen ablehnen und akzeptieren, müssen die Gegensätze kennen lernen, nur dann haben sie die Fülle ihres Seins erkannt. Und sie müssen sich gegen mich wenden können, um mich wieder zu finden."

„Wie könnten sie sich gegen dich, ihren eigenen Schöpfer, wenden?" fragte Luzifer verwundert.

„Das ist es, worüber ich nachsinne, lieber Luzifer. Wie kann ich den Menschen alle Freiheit geben, wie sie dazu bringen, alle Möglichkeiten zu leben? Ich werde Hilfe benötigen."

„Verfüge über mich!" rief Luzifer sofort aus.

„Wirst du dich denn gegen mich wenden können?" fragte GOTT.

Luzifer starrte seinen Schöpfer an und es dauerte eine Weile, bis er begriffen hatte. Es würde seine Aufgabe sein, die Menschen von GOTT abzulenken. Er senkte seinen Blick und wiederholte leise: „Verfüge über mich!"

Da stand GOTT auf, nahm Luzifer in seine Arme und flüsterte: „Es ist nicht für ewig, nur für eine kurze Zeit, bis die Menschen wieder zurückgefunden haben."

Die Sonne verdunkelte sich, die Blumen senkten ihre Köpfe und der Wind stand still. Keine Biene summte mehr, kein Schmetterling flog mehr über die Paradieswiese, kein Vogel zwitscherte mehr und die Löwenkinder hielten in ihrem Spiel inne. Denn alles ist mit allem verbunden, alles ist in GOTT und alle spürten, dass etwas Seltsames vor sich ging.

So geschah es, dass Luzifer die Menschen verführte, vom Baum der Erkenntnis zu essen. Mit dem Erkennen kam das Wissen und der Drang nach Entfaltung. Dafür aber mussten Adam und Eva das Paradies verlassen.

Nur GOTT wusste, dass sie den Weg zurück finden würden, war doch des Menschen Natur daraufhin angelegt, war er doch vom Ursprung her GOTTES Natur.

Das Gegenteil des Paradieses wurde von den Menschen Hölle genannt und Luzifer wurde Herr in dieser Finsternis. Er hatte alles mit GOTT besprochen und in alle Prüfungen, die vor ihm lagen, aus Liebe zu GOTT eingewilligt. Am schwersten konnte er akzeptieren, dass er seine göttliche Natur verleugnen musste. GOTT sah sein Leid und schenkte ihm das Vergessen.

In der Hölle vergaß Luzifer seine Liebe und überließ dem Hass diesen Platz. Erst wenn die Menschen im Hass die verletzte, vergessene Liebe wieder erkennen, würde auch er sich wieder erinnern.

Adam und Eva hatten die Liebe mit zur Erde gebracht, aber sie lernten auch die Eitelkeit und den Egoismus kennen. Ihre Söhne entwickelten Eifersucht und Neid. In den Menschen wuchs Geiz und Gier. Von all diesen Emotionen ernährte sich der Hass.

Er wurde mächtig und bringt seitdem ganze Völker dazu, sich gegenseitig auszurotten. Er tobt sich in großen Kriegen aller Nationen aus, genauso wie in den kleinen, nicht weniger schmerzhaften Kriegen innerhalb der Familien. Er lässt Freundschaften zerbrechen und bekämpft die Liebe, wo immer sie sich zeigt.

Aber die Liebe verschwindet nicht. Sie ist ebenso Teil des Ganzen, wie das Licht, das die Finsternis vertreibt, wie die Wärme, die gegen die Kälte angeht und wie die Zärtlichkeit, die trotz Gewalt besteht. Es war Luzifer, der den dunklen Mächten im Menschen half, immer wieder Kraft zu schöpfen. Er tat sein Werk gut, so wie es von einem Erzengel zu erwarten war.

GOTT aber sehnte sich nach der Vollendung seiner Schöpfung, sehnte sich nach den Menschen und entschloss sich, einen Menschen als seinen Sohn in die Welt zusenden, der die Menschen lehren soll, dass sie alle Kinder GOTTES sind, von GOTT kommen und zu IHM zurückkehren werden.

Seinem Engel Luzifer erlaubte er, in der Nacht, in der dieser Menschen- und GOTTESSOHN geboren wurde, zurück ins Paradies zu kommen. Für diese eine Nacht! Die Menschen spürten deutlich, dass es mit dieser Nacht eine besondere Bewandtnis hatte. Sie ließen die Waffen schweigen, kein Mensch tat einem andern Menschen etwas zu Leide und kein Wolf riss ein Schaf.

Die Welt war voll Frieden und Luzifer konnte die ganze Nacht neben seinem Schöpfer sitzen, dessen Gegenwart spüren und sich an seiner

Liebe laben. Und diese Liebe erinnerte ihn an sein Versprechen und Luzifer blieb treu und fuhr am Ende dieser Heiligen Nacht zurück zur Hölle.

Er würde gerne, immer dann, wenn Menschen die Geburt des Christus feiern, auch wieder eine Nacht bei GOTT verbringen, doch leider lässt die Welt ihn nicht mehr gehen. Für die Welt ist diese Nacht zu einer Nacht wie jede andere geworden, ohne Pause, ohne Zeit zur Besinnung.

Ob es Luzifer vergönnt sein wird, wieder einmal eine Heilige Nacht mit seinem Schöpfer zu verbringen, hängt auch von uns ab.

Wollen wir die Worte des Engels wieder hören und ernst nehmen: Frieden den Menschen auf Erden?

Das wäre dann unser Weihnachtsgeschenk für Luzifer.

Ich wünsche uns Frieden und Luzifer eine Heilige Nacht im Paradies.

Hermann saß mitten in diesem Kabelknäuel und verzweifelte fast. Immer, wenn er dachte den Anfang gefunden zu haben und an einer Strippe zog, verwirrte sich das Knäuel noch mehr. Schließlich ließ er resigniert die Arme sinken und seufzte tief.

**Alles hängt mit allem zusammen!**

Als er den Kopf hob, schaute er in den großen Spiegel, der an der Wand hing, und sah sich selbst, eingeschnürt in Kabel. Er erschrak über den Anblick, denn es sah aus, als habe ihn jemand gefesselt. Er stand nicht auf, versuchte nicht, sich zu befreien, sondern schaute weiter in den Spiegel. Der verdunkelte sich plötzlich, wurde ganz schwarz, und hinter dem Spiegel war ein Licht, das den Rand in unvorstellbarem Glanz erstrahlen ließ.

Er starrt fasziniert auf den Spiegel und hörte plötzlich eine Stimme: „Alles hängt mit allem zusammen! Es kann der Mensch die Kette von Ursache und Wirkung nicht überschauen bis zu ihrem Uranfang, da er selbst Ursache ist und Wirkung erlebt. Das Rad dreht sich und der Mensch, der in den Speichen hängen bleibt, verstrickt sich, so wie du jetzt in diesen Kabeln.

In der Mitte des Rades, der Radnabe fließt alles zusammen und von dort fließt alles heraus. Dorthin, in die Mitte, die eigene Mitte musst du gehen, um Befreiung, Erlösung und Verstehen zu erlangen. Es ist dir lange gelungen, einfach der Drehung des Rades zu folgen. Aber warst du da nicht wie ein Hamster in einem Käfig, dem man ein Laufrad zur Beschäftigung hineingestellt hat?

Klage also nicht über den Zustand der Verwirrung, sondern nutze ihn, um den Weg hinaus, den Weg des Erkennens zu suchen. Hinaus kommst du, wenn du dich nach innen wendest, hin zur Mitte deines wahren Selbst. Ändere deine Blickrichtung. Kehre dich um! Betrachte alles. Denn alles hängt mit allem zusammen."

Die Stimme schwieg und er sah in sich das Bild eines verwinkelten Hauses mit tausend Türen. Welche sollte er öffnen? Er war unschlüssig und ihn beschlich ein mulmiges Gefühl. Er wollte gerade umkehren, als die Stimme aus dem Spiegel wieder sprach: „Wer lernen und sich entwickeln will, braucht Mut, braucht Vertrauen in sich selbst und sein inneres Licht. Manchmal braucht er einen Anlass, eine ausweglose Situation, einen Schmerz, um endlich den Weg zu sich selbst zu finden. Geh Deinen Weg. Was Du sehen wirst, wird dir aus deinem Leben vertraut sein, und doch wirst du etwas völlig Neues lernen."

Hermann atmete tief durch und öffnete die erstbeste Tür. Er kam in einen Raum, der voller Kabel war. Sie waren an der Wand entlang befestigt, sehr ordentlich gekennzeichnet und liefen alle in eine Richtung, als hätten sie ein gemeinsames Ziel. Interessiert schaute er sich um. Manchmal trafen sich zwei Kabel und verbanden sich miteinander. Er sah, dass alle Kabel schließlich in ein einziges mündeten. Es musste ein Hauptverbindungskabel sein. Er war Techniker und suchte nach einem Plan, aus dem er den Sinn der Anordnungen erkennen könnte. Aber es gab keinen Plan. Er las die Kennzeichnungen, die an den Kabeln waren: Kindheit, Vorgeburtserlebnisse, Entwicklungsstufe 1, 2, 3. Auf dem dicken Hauptkabel stand Lebensplan. Dorthinein mündeten alle Kabel.

„Alles Erleben", hörte er die Spiegelstimme sagen, „muss in den Lebensplan integriert werden.

Suche nach den Kreuzungspunkten und verfolge deine eigene Entwicklung."

Er verfolgte Entwicklungsstufe Nr. 1 und fand schnell die Verbindung in den Lebensplan.
Ein Gefühl von Stolz stieg in ihm auf. Dann aber fand er ein abgerissenes Kabel, ein Kabel dessen Ende lose am Boden lag. Er erschrak und hob es vorsichtig auf. Eine Entwicklungsstufe, die ich nicht erreicht habe, dachte er.

„Willst du sehen, was Du missachtet hast?" fragte die Stimme. Er hatte wieder das mulmige Gefühl in der Magengegend, aber er nickte.

Plötzlich veränderte sich der Raum. Er war wieder Jugendlicher, saß stolz auf seinem alten, klapprigen Motorrad und fühlte sich wie ein Held. Die Welt wollte er erobern, mit dem Motorrad einmal rund um den Globus fahren. Andere Kulturen kennen lernen, Abenteuer erleben, auf einsamen Bergeshöhen sitzen und den Sternen nahe sein, am Ufer des Meeres sitzen und den Geschichten der Wellen lauschen. Wie romantisch war er damals. Mitten in seine Träume platzte die polternde Stimme seines Vaters: „Von mir kriegst du kein Geld für deine Flausen." Er hörte die mahnende Stimme seiner Mutter: „Hermann, lern doch erst was Rechtes." Er fühlte Wut und Verlassenheit in sich.

Dann war das Bild verschwunden. Er stand wieder da, das abgerissene Kabel in der Hand.

Er weinte. Tränen des Schmerzes und der Trauer um einen verlorenen Traum liefen über seine Wangen. Was war aus seinen Träumen geworden? Bieder war er geworden, Techniker hatte er gelernt. Bei einer großen Elektronikfirma hatte er Karriere gemacht und von der Welt sah er nur Flughäfen und Firmengebäude und Kabel. Verheiratet war er, zwei Kinder hatten sie und den Urlaub verbrachten sie in Hotelanlagen auf Mauritius oder Barbados, schön getrennt vom Inselvolk, dafür mit westlichem Komfort.

Die Schamesröte stieg ihm ins Gesicht, er konnte es ganz deutlich spüren. Er sank zu Boden, legte seinen Kopf auf die Knie und ließ den Tränen freien Lauf.

Nach einer Weile hörte er die Stimme wieder: „Geh weiter, sieh mehr."

Er hatte Angst. Angst vor dem, was er noch erkennen würde. Aber er stand auf.

Da veränderte sich der Raum wieder. Es wurde hell und weit um ihn herum. Er sah Menschen in hellen Gewändern und einer kam auf ihn zu.

„Willkommen auf dem Feld der Möglichkeiten. Was kann ich für dich tun?"

„Ich weiß es nicht, ich weiß nicht einmal wie ich hierher gekommen bin, geschweige denn was ich hier soll." antwortete er ziemlich verwirrt.

„Hier sucht man sich seine Möglichkeiten." antwortete lächelnd der Mann in Weiß. „Es gibt alle Möglichkeiten hier, nichts, was es nicht gibt. Also, mit welcher Frage, aus welcher Situation bist du hierher gekommen?"

„Aus einem Gewirr von Kabel bin ich gekommen, mit der Frage wie alles endet und ob es einen neuen Anfang geben kann. Es sind seltsamen Dinge um mich herum passiert, ich... „

„Du brauchst nicht weiter zu erzählen, alle kommen durch seltsame Bilder und Ereignisse zu uns. Es geht nur darum, dass du dir das suchst, was du brauchst. Wenn also Anfang und Ende deine Frage ist, dann lass uns Anfang und Ende suchen. Komm mit. "Der Mann nahm ihn an der Hand und führte ihn zu zwei großen Containern. „Hier sind die Anfänge" sagte er und zeigte auf einen Container, „und dort sind die Enden. Suche dir heraus, was zu dir passt. Lass dir Zeit."

Hermanns Augen wanderten zwischen den beiden Containern hin und her. Wo sollte er zuerst suchen? Bei den Anfängen oder den Enden? Er entschied sich für die Enden. Er wollte wissen, wohin man kommen kann, wie das Leben enden kann, welches Ziel und welchen Sinn es haben kann. Er griff voller Neugier in den Container.

„Hundert Jahre alt werden, im Schoß der Familie sterben, ein anständiges Erbe hinterlassen." las er. Nein, das war nicht sein Ziel. Er warf das Ende wieder zurück. Auch „Karriere machen um jeden Preis" fand er nicht erstrebenswert und „in den Geschichtsbüchern der Welt stehen" wollte er auch nicht.

„Frieden mit Gott, sich selbst und der Welt" stand auf dem nächsten Ende. Nicht übel, dachte er und legte es zur Seite. „Auf ein erfolgreiches, gesichertes Leben zurückschauen" gefiel ihm auch.

Er hielt die beiden ausgesuchten Kabelenden in der Hand, wog sie gegeneinander ab. Er konnte sich nicht entscheiden. Was nutzten ihm Geld und Erfolg, wenn er nicht in Frieden leben konnte? Aber konnte man in der heutigen Welt wirklich voll Frieden sein, wenn Schulden und Armut einen belasten?

Beides miteinander verbinden, „Frieden in einem gesicherten Leben", dass wäre optimal. Aber war es nicht vermessen, sich beides zu wünschen? Konnte man sich eigentlich zwei Enden nehmen? Als Techniker hatte er keine Mühe, sich eine Verbindung vorzustellen, aber das hier waren ja keine normalen Kabel.

Er schaute sich nach dem Mann in Weiß um, er wollte ihn fragen, ob er überhaupt die Erlaubnis bekam, beide Kabel mitzunehmen. „Entschuldigen Sie, ich habe eine Frage. Darf man zwei Enden mitnehmen und lassen sie sich miteinander verbinden?"

„Dies ist das Feld der Möglichkeiten. Wenn du dir vorstellen kannst, zwei Ziele miteinander zu verbinden, dann ist es auch möglich. Deine Vorstellungskraft gestaltet deine Wirklichkeit. Du allein bist dafür verantwortlich. Jeder ist für seinen Lebensplan selbst verantwortlich, für Ablauf, Gestaltung und Folgen, die sich aus dem Denken, Reden und Handeln ergeben. Darf ich sehen, was du dir ausgesucht hast?"

Nachdem er die beiden Enden betrachtet hatte sagte er: „Gut gewählt! Du hast dich für ein Gleichgewicht zwischen Himmel und Erde, zwischen Innen und Außen, entschieden. Die Enden lassen sich leicht miteinander verbinden, vorausgesetzt, du gibst jedem die gleiche Aufmerksamkeit und Zeit in deinem Leben. Komm, ich bringe dich zurück."

„Ich habe noch keinen Anfang. Ehrlich gesagt, ich habe gar nicht danach gesucht. Ich hatte keinen Mut oder einfach keine Lust, in den Container zu greifen." gab Hermann zu und dachte an das abgerissene Kabel seiner Jugendträume.

„Macht nichts", beruhigte ihn der Mann in Weiß, „jeder Atemzug, jeder Gedanke, jede Stunde kann ein Anfang sein. Dir wird schon einfallen, womit du beginnen kannst, deine Ziele zu verwirklichen. Beginne jeden neuen Tag, denn auch er ist immer wieder ein Anfang, mit einem Gebet. Danke für das Leben und was es dir bringt an diesem Tag und wiederhole deine Ziele. Wiederhole sie, bis sie in deinem Unterbewusstsein verankert sind. Denn dein Unterbewusstsein hat noch Kontakt zu deinem wahren Selbst. Nichts ist sicherer, als sich von ihm durchs Leben leiten zu lassen. Vertrauen wird mit Kraft belohnt, jeder Zweifel aber schwächt. Darum zweifle nicht, sondern habe Geduld und Vertrauen."

Hermann fühlte, wie sich eine wohlige Wärme in ihm ausbreitete. Er nahm voll Dankbarkeit die ausgestreckten Hände seines weisen Freundes in Weiß entgegen, aber kaum hatte er sie berührt, waren das Feld der Möglichkeiten und der Mann in Weiß verschwunden.

In einem Zimmer sah ein Mann in einen Spiegel und er saß mitten in einem Gewirr aus Kabeln. Er rieb sich die Augen und erhob sich mühsam, denn seine Beine waren taub geworden vom ungewohnten Sitzen auf dem Boden. Er schüttelte den Kopf. Was für ein seltsamer Traum war das gewesen am helllichten Tag. Oder war es vielleicht kein Traum? Zweifle nicht, kamen ihm die Worte des weisen Mannes in den Sinn. Sollte er wirklich glauben, dass er seinem Leben eine Wende geben konnte, eine Wende hin zu seinen neuen Zielen?

Plötzlich gab er sich einen Ruck. Es war noch nicht zu spät. Die Kinder waren groß, er könnte mit seiner Frau die Reisen machen, die sie sich seit Jahren wünschte. Mittsommernacht auf einem Schiff erleben, die Gletscher von Grönland bewundern, solange es sie noch gibt, und vielleicht wirklich zu Fuß nach Santiago di Campostella pilgern. Ja, es war für diesen Traum noch nicht zu spät.

Seine Frau rief, das Abendessen stand auf dem Tisch und er ging hinunter.

Als er die Tür seiner Werkstatt hinter sich schloss, erstrahlte hinter dem Spiegel ein engelsgleiches Licht. Hinter jedem Spiegel erstrahlt ein solches Licht, es ist die Reflexion des göttlichen Lichtes in uns.

Da ist ein Widerstand, der Draht lässt sich nicht vorschieben. Schon zehnmal habe ich ihn vor und zurück geschoben, aber er geht nicht weiter. Etwas versperrt ihm den Weg. Ich gebe es auf. Da muss wohl doch ein Fachmann her. Die Leitung scheint verstopft zu sein. Ich sitze vor der Waschmaschine, bei der das Wasser nicht mehr abläuft. Die Maschine ist voll Wasser und die Wäsche darin nass und voller Seifenschaum.

**Wer nicht fühlen kann, muss lesen.**

Das hat mir gerade noch gefehlt. Samstagnachmittag, natürlich kein Handwerker zu erreichen, es sei denn ich zahle viel Geld für einen Notdienst.

Ich verlasse das Badezimmer und entschließe mich zuerst mal in Ruhe eine Tasse Kaffee zu trinken, eine Zigarette zu rauchen und die Post zu lesen, die noch ungeöffnet auf dem Küchentisch liegt.

Es ist Wochenende, Zeit für Entspannung und Erholung und nicht für Stress mit defekter Waschmaschine. Die Wäsche steht ja gut unter Wasser, jetzt kann sie auch noch eine Weile darin liegen bleiben. Einweichen nannte meine Mutter das früher. Sie hat das immer gemacht, bevor sie die Wäsche dann richtig gewaschen hat.

Die Küche ist von der Sonne hell erleuchtet. Die Unordnung auf meinem kleinen Tisch schiebe ich nur schnell zur Seite.

Ich nehme die Briefe zu Hand und schaue mir erst die Umschläge an. Telefonabrechnung – uninteressant. Ein Brief von einer Freundin, schon besser. Werbung – gleich zur Ablage Papierkorb. Ein hellblaues Kuvert ohne Absender. Neugierig öffne ich das Kuvert und ein maschinengeschriebener Brief auf gelbem Papier kommt zum Vorschein.

*Liebe Lieselotte,*
*eine ziemlich ungewöhnliche Maßnahme dir zu schreiben, aber anders bist du ja nicht zu erreichen.*

Ich höre auf zu lesen und schaue nach der Unterschrift. Aber der Brief ist nicht unterschrieben, er hört einfach auf.

Wer kann mich denn nicht erreichen? Immerhin habe ich im Büro ein Telefon, privat ein Telefon, einen Anrufbeantworter und seit einiger Zeit sogar ein Handy, das ich auch einschalte, wenn ich unterwegs bin. Also, mich nicht erreichen können ist eine faule Ausrede.

Ich lese weiter.

*Du behältst deine Träume nicht mehr oft und wenn, dann schreibst du sie nicht auf. Du meditierst schlecht und bist dauernd mit deinen Gedanken irgendwo, aber nie still genug, um mich hören zu können. Es ist zum Verzweifeln, denn zu allem Überfluss schreist du dauernd nach mir, machst mir sogar Vorwürfe, weil ich mich angeblich nicht melde.*

Also, das ist ja wohl die Höhe! Wer erlaubt sich denn da so mit mir zu reden, ich meine, mir zu schreiben? Wen gehen denn meine Träume etwas an und ob ich sie aufschreibe oder nicht? Nicht einmal mein Zenmeister macht mir Vorwürfe, wenn mir eine Meditationsrunde nicht gelingt. Unverschämtheit. Ich sollte den Brief in den Papierkorb werfen!

Wütend gehe ich wieder ins Badezimmer. Ich ziehe die schwere, nasse Wäsche aus der Maschine.

Es stimmt ja, dass ich in letzter Zeit meine Träume nicht mehr behalte oder nur noch Bruchstücke, die es nicht lohnt aufzuschreiben. Aber ich habe in der Meditation schon schlechtere Sitzungen gehabt, als die in letzter Zeit. Außerdem sitze ich doch sowieso nicht mehr oft, höchsten ein - zweimal die Woche.

Die Wäsche ist schwer und nicht nur der Boden, sondern auch ich bin ganz nass geworden bei der Umräumaktion.

Mist, jetzt muss ich mich auch noch umziehen. Ich lasse Wasser in die Wanne laufen, um die Wäsche auswaschen zu können und gehe ins Schlafzimmer, um mir etwas anderes anzuziehen. Im Flur bemerke ich, dass meine Hausschuhe auch ganz nass sind und ich Wasserpfützen hinterlasse.

Ja, geht denn heute alles schief?

Nachdem ich mich umgezogen habe, hänge ich die nassen Kleider auf den Wäscheständer. Den hatte ich eigentlich für die frisch gewaschene Wäsche aufgestellt. Jetzt muss ich erst noch mal eine Zigarette rauchen.

In der Küche liegt immer noch dieser gelbe Brief und zieht mich magisch an.

Wer weiß denn, dass ich in letzter Zeit so Mühe habe mit meiner spirituellen Arbeit? Ich habe doch niemandem davon erzählt.

Meine Neugier siegt über meinen Zorn.

*...weil ich mich angeblich nicht melde. Deshalb greife ich zu diesem ungewöhnlichen Mittel. Da du jeden Tag schreibst und Briefe liebst, bin ich zuversichtlich, dass du auch diesen Brief liest – hoffentlich bis zu Ende liest und ihn nicht vor Wut zu früh aus der Hand legst oder gar in den Papierkorb wirfst. Aber wie ich dich kenne siegt deine Neugier und ich kenne dich gut!*

Sieht wirklich so aus, denke ich. Wer um Himmelswillen kennt mich denn so gut? Der Brief kommt mir langsam spanisch vor.

*Doch nun zum Grund dieses Briefes. Du steckst in einer Krise und statt sie als Entwicklungschance zu nutzen, haderst du mit dem Schicksal. Als gäbe es Zufälle und Willkür in deinem Leben. Langsam solltest du doch wissen, dass alles im Leben seinen Sinn hat, auch die schweren und traurigen Zeiten. Tief in dir weißt du es, aber du hast den Zugang zu deinem Inneren verstopft, du hast so dicht gemacht, dass selbst ich nicht zu dir vordringen kann. Deshalb mache ich mir ernsthaft Sorgen.*

*Sich Sorgen zu machen gehört aber nicht zu den Gewohnheiten eines Engels.*

Gewohnheiten eines Engels? Was soll das denn heißen? Ich lege den Brief aus der Hand und starre aus dem Fenster. Gewohnheiten eines Engels – unmöglich. Den Gedanken will ich lieber nicht zu Ende denken. Ich mache mich ja lächerlich. Ich atme tief durch und nehme den Brief entschlossen wieder auf.

*Ich habe bisher noch nie einen Brief geschrieben, aber das bedeutet ja nichts. Uns sind alle Mittel erlaubt und mir war jedes Mittel recht. Hauptsache, ich erreiche dich wieder. Nun schüttle nicht den Kopf, hör auf dich zu wundern und für völlig übergeschnappt zu halten. Warum soll denn ein Engel keinen Brief schreiben? Das ist genauso möglich wie dir im Traum zu erscheinen oder in Gestalt eines Menschen. Briefe schreiben ist genauso gewöhnlich oder ungewöhnlich wie Geschichten schreiben.*

Ich muss den Brief wieder weglegen, denn ich kann nichts mehr sehen. Meine Augen sind voll Tränen.

Tränen der Freude und Rührung, weil mein Engel sich soviel Mühe macht und mich so liebt, dass er mir sogar schreibt.

Tränen der Scham, weil ich wirklich in letzter Zeit nur verbissen war und mir nicht die Zeit und Ruhe genommen habe, um den Kontakt zu finden. Ich habe getobt und gefragt, ob ich denn von allen guten Geistern und Engeln verlassen sei. Ich bin ganz schön anmaßend gewesen. Als hätte ich ein Anrecht auf himmlische Hilfe und als müsste alles bequem und reibungslos laufen.

Meine Gedanken wandern zurück zu den ersten Kontakten mit meinem Engel. Anfangs habe ich ihn nur geahnt, gehört, dann habe ich ihn im Traum gesehen und fand das nicht ungewöhnlich. Wenn ich im Traum fliegen kann, wieso kann ich dann nicht auch einen Engel sehen.

Erst als ich ihn am helllichten Tag, in Gedanken verloren, vor mir sah, war ich doch bisschen in Sorge um meine geistige Verfassung. Lange habe ich niemandem davon erzählt. Ich wollte nicht für verrückt erklärt werden. Inzwischen haben die meisten Menschen meiner Umgebung akzeptiert, dass ich Engel sehe. Viele schreiben es meiner regen Phantasie zu. Ich lasse sie in dem Glauben, dass ich mir die Engel „einbilde".

Aber wenn ich jetzt erzähle, dass ich einen Brief bekommen habe geht das wohl zu weit.

Ich putze mir die Nase und nehme den Brief wieder zur Hand.

*...Briefe schreiben ist genauso gewöhnlich oder ungewöhnlich wie Geschichten schreiben.*

*Bitte hab weiterhin Geduld und Vertrauen, denn das ist die Übung. Wem Gott eine Aufgabe gibt, dem gibt er auch die Kraft, das weißt du doch. Erinnere dich an andere Krisenzeiten. Hat sich nicht immer zum Guten gewendet, was anfangs wie ein unüberwindliches, zerstörendes Problem aussah? Gut Ding will Weile haben, sagt ihr Menschen. Hör auf krampfhaft etwas ändern zu wollen. Dieser Krampf macht dich eng und blockiert dich nur. Sei gelassen und geduldig.*

*Und zu deiner Beruhigung, du hast den Brief geschrieben, ich habe ihn dir eingegeben, wie dir deine Geschichten eingegeben werden. Nur habe ich eine Prise mehr Vergesslichkeit dazu gegeben.*

Aus dem Badezimmer dringt ein seltsames Geräusch. Es gurgelt und rauscht. Habe ich den Wasserhahn an der Badewanne nicht abgedreht? Voll Panik renne ich ins Badezimmer. Das Geräusch kommt von der Waschmaschine! Das Wasser läuft ab! Die Maschine funktioniert wieder!

Aber jetzt will ich erst den Brief zu Ende lesen, dann kümmere ich mich um die Wäsche.

Auf dem Küchentisch liegt ein gelbes Blatt Papier. Es ist leer. Kein Wort steht darauf. Es ist völlig leer. Ich kann es drehen und wenden wie ich will, es ist leer.

Ich falte das Blatt zusammen, stecke es wieder in den blauen Umschlag, gehe zu meinem Meditationsplatz und stelle den Brief an die Blumenvase mit der Rose, die mir am Sonntag geschenkt wurde. Dann setze ich mich hin, atme tief durch und bin nur noch dankbar.

Ich werde diesen Brief gut aufbewahren. Und wenn einmal jemand wirklich verzweifelt ist, wenn er glaubt Gott hätte ihn verlassen und die Welt sich gegen ihn verschworen, dann schicke ich ihm diesen Brief.

Sein Engel wird sicher ein paar Zeilen auf das leere Blatt schreiben.

Engel können das.

# Inhalt

Vorwort zur 2. Auflage	7

Und dann kam der Engel doch noch	9

Du brauchst dich
deiner Tränen nicht zu schämen.	11

EINFACH sein – und – einfach SEIN	17

Engel sind mit uns	31

Es ist alles ganz anders	37

Weihnachtsgeschenk für Luzifer	45

Alles hängt mit allem zusammen!	53

Wer nicht fühlen kann, muss lesen.	65